Primera edición en inglés: 1989
Primera edición en español: 1993
Tercera reimpresión (PD): 1999

Coordinador de la colección: Daniel Goldin
Traducción de Carmen Esteva

Título original: *The Tunnel*
© 1989, Anthony Browne
Publicado por Julia MacRae Books, Londres
Reimpreso con el permiso de Walker Books Ltd., Londres
ISBN 0-86203-374-8

ISBN 968-16-5015-08 (R)
ISBN 968-16-3971-5 (PD)

Impreso en Colombia. Panamericana, Formas e Impresos, S.A.
Calle 65, núm. 94-72, Santafé de Bogotá, Colombia
Tiraje 7 000 ejemplares

EL TÚNEL

ANTHONY BROWNE

FONDO DE CULTURA ECONÓMICA
MÉXICO

Había una vez un hermano y una hermana que no se parecían en nada. Eran diferentes en todo.

La hermana se quedaba en casa, leía y soñaba. El hermano jugaba afuera con sus amigos: reía y gritaba, pateaba y lanzaba la pelota, brincaba y retozaba.

Por las noches él dormía profundamente en su cuarto. Ella permanecía despierta, acostada, escuchando los ruidos de la noche. A veces él entraba a gatas al cuarto de ella para asustarla, pues sabía que a su hermana le daba miedo la oscuridad.

Cuando estaban juntos peleaban todo el tiempo, y discutían y alegaban casi a gritos.

Una mañana su mamá perdió la paciencia con ellos.

—Váyanse juntos —les dijo—, y traten de llevarse bien y de ser amables uno con otro por lo menos una vez, y regresen a tiempo para la comida.

Pero el niño no quería que su hermana lo acompañara.

Se fueron a un terreno baldío.

—¿Por qué tienes que venir? —se quejó él.

—No es mi culpa —dijo ella— Yo no quería venir a este horrible lugar. Me da miedo

—¡Ay, eres una bebita! —dijo el hermano—. Todo te da miedo.

Él se fue a explorar.

—¡**O**ye!, ven acá —le gritó a su hermana poco después.
Ella caminó hacia él.

—Mira —dijo él—, un túnel. Ven, vamos, vamos a
ver qué hay del otro lado.

—N-n-no, no debes hacerlo —dijo ella— ahí puede
haber brujas o duendes o cualquier otra cosa.

—No seas tonta —dijo su hermano— esas son cosas
de niños.

—Tenemos que estar de regreso en casa a la hora de
comer… —dijo ella.

A la niña le daba miedo el túnel, y decidió esperar hasta que su hermano saliera de nuevo. Esperó y esperó, pero él no salía y ella sentía ganas de llorar; casi se le salían las lágrimas. ¿Qué podía hacer? Tuvo que seguirlo por el túnel.

El túnel estaba oscuro

y húmedo y resbaladizo.

Del otro lado ella se encontró en medio de un bosque tranquilo. No había ni rastro de su hermano. Pero el bosque pronto se convirtió en una selva oscura.

Empezó a pensar en lobos y gigantes y en brujas, y quería regresarse, pero no podía. ¿Qué sería de su hermano si ella se regresara? Ya estaba muy asustada y empezó a correr, más y más aprisa cada vez.

Cuando se dio cuenta de que ya no podía correr más, llegó a un claro en el bosque.

Había una figura, inmóvil, como de piedra.

—¡Oh, no! —gimió—, llegué demasiado tarde.

Abrazó la figura dura y fría y lloró. Poco a poco, la figura empezó a cambiar de color y se hizo más suave y más tibia.

Entonces lentamente empezó a moverse. Era su hermano.

—¡Rosa!, yo sabía que vendrías —le dijo.

Corrieron de regreso, atravesaron la selva y cruzaron el bosque, entraron al túnel y salieron de él. Juntos, los dos.

Cuando llegaron a su casa su mamá estaba poniendo la mesa

—Hola —les dijo— los noto muy callados. ¿Está todo bien?

Rosa le sonrió a su hermano y Juan le sonrió a ella también.

12/08 (13) 7/08